シリーズ自句自解I　ベスト100

JikuJikai series 1 Best 100 of Yoko Yamamoto

山本洋子

ふらんす堂

目次

シリーズ自句自解Ⅰベスト100　山本洋子

早き瀬に立ちて手渡す青りんご

1

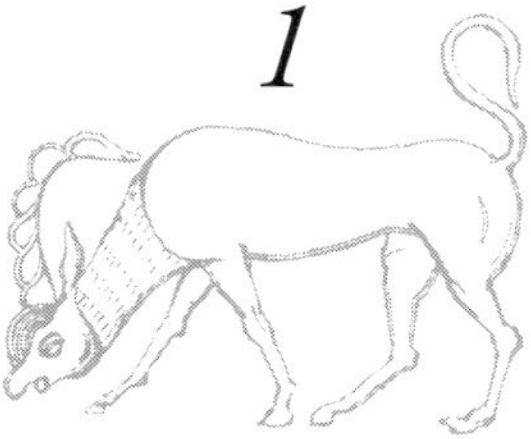

高校を出るころ、何という取り柄のない生徒だった。だからこそ、この後、仕事に関わらなくても、何か打ちこめるものを身につけねばと思ったものだ。そののちの学生生活で、その何かがみつからないままに社会にでた私の前に俳句があった。高校時代の友人四五人とともに名張の赤目の滝にでかけた折の句である。素朴な表現に、不器用な私にも青春があったのだと眩しくなつかしい。

（『當麻』昭和四十年）

秋の薔薇女の煙草風にのり

2

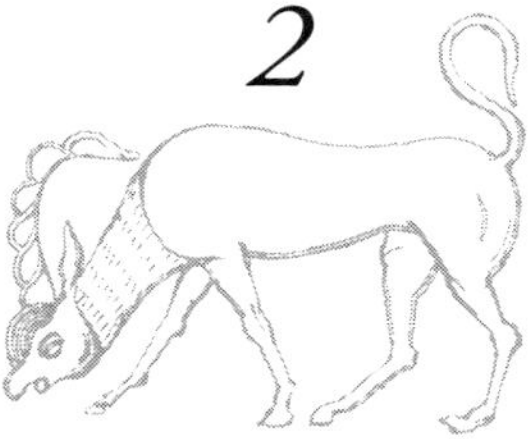

会社の俳句同好会の指導者は「諷詠」の古参、通信課の課長で、俳号を松永渭水といった。あるとき宝塚植物園での「諷詠」の吟行会に連れていってくれた。あずま屋で腰をおろされていた後藤夜半先生に紹介してくれたものだ。先生は小柄だけれども存在感のある方におもえた。句会でこのおよそ俳句的でない句が夜半選に入ってびっくり。俳句は、ありの儘を言えばいいのだ、ということにも又、おどろいていた。いわば、俳句開眼の句である。

（『當麻』昭和四十年）

峰雲や赤子を立たす膝の上

3

漸く立ちはじめた赤ん坊を母は膝の上で立たせようとする。立たせてもらった子は、喜んで何べんでもたちたがる。「立った、立った」まわりのはずむ声があたりに響く。空には入道雲がいくつも湧きつぎ、子供のおのずからなる生命力を、たたえているようにおもえた。

（『當麻』昭和四十九年）

しなやかなみどりを踏みぬ年木樵

4

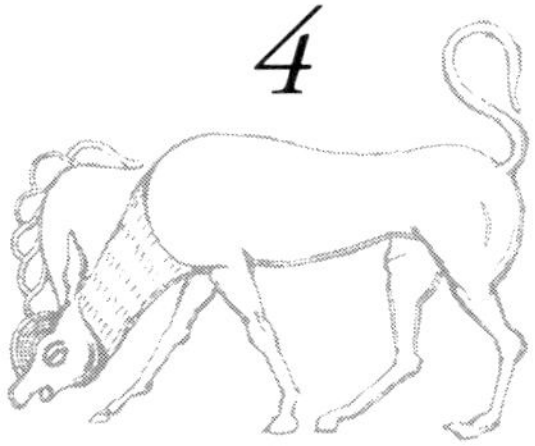

この句の成ったのは、京都の奥、水尾の里ちかくであったかとおもう。山道を歩きだすと、真冬だというのに、不思議に優しい草を踏む感触があった。年木を伐りにゆく人々も、このやわらかい緑を踏みながら山に入っていくのだ、という感慨があった。

（『當麻』昭和四十九年）

蟬の空ひたすら青し蔵王堂

5

吉野山で真夏の吟行会があった。蔵王堂を囲む木々には蟬がこぞり鳴き、空はあくまで青く、蔵王堂は、いよいよ威厳をもってそびえたつように思えた。

（『當麻』昭和五十年）

葛城に藁を背負ひて霞みけり

6

昔は、近鉄御所駅から、国道を五条行きのバスが通っていて、葛城山の麓の風の森峠へは、足しげくかよったものだ。麓の斜え畑は広々とたがやされ、牛小屋から牛小屋へ畷づたいに、日をたっぷりあびながら、のんびりと散策したものだ。春もたけなわのころ、木々も人も、霞につつまれてしまうのがまた楽しい。

（『當麻』昭和五十三年）

この辺の水は若狭へ冷し瓜

7

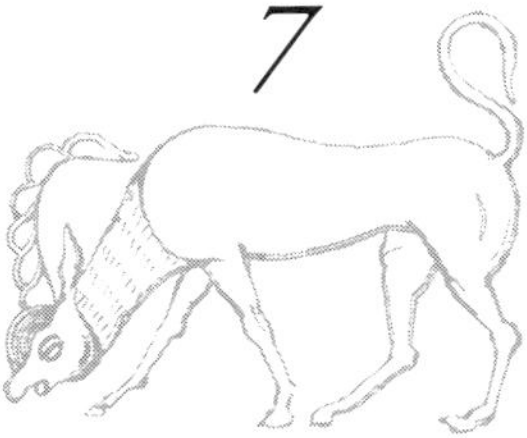

近江今津から、小浜に出る古い街道は、バスが通っている。街道ぞいの川は、熊川宿のすこし手前で分水嶺をこえて、日本海側へと流れを変えるようだ。方向をかえた川には、瓜が冷やされ、いよいよ水は清くつめたく走るようだ。

（『當麻』昭和五十四年）

人日の納屋にしばらく用事あり

8

二上山の麓は気に入りの吟行地であった。二上神社から大和三山を見渡しながら當麻寺に向かう。なかほどに二上山を背にした集落がある。家並のとぎれたところから畑に出ると、家々の裏手がよくみえる。納屋に入っていった人を見かけたのは年の暮。「納屋にしばらく用事あり」はすぐ出来たが、季語が見つからない。年が明けて、一月七日の初句会の締め切り間際に「人日」が授かった。

（『當麻』昭和五十五年）

水餅や母の応へのあるところ

9

切餅を水に浸けて保存する壺などが置かれているのは、家の中のうすぐらいけれども、一番気分が落ちつくところかもしれない。この句の出来たのは尾上浜の湊ちかく。戸口から家の奥にいる母を呼ぶ子供がいた。まだ雪のとけない真昼であった。

（『木の花』昭和五十六年）

街道を西へ歩けば蕪引き

10

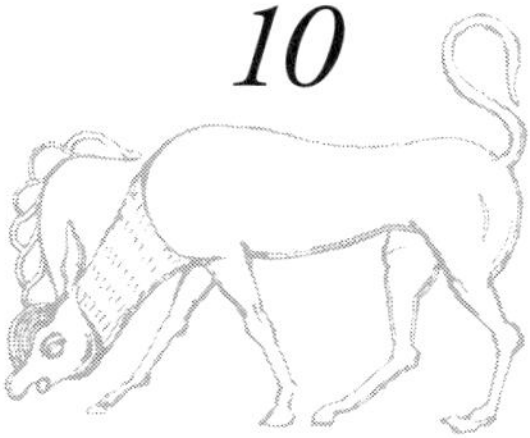

この街道というのは、出雲街道である。京都を起点として出雲に至る道は、さまざまあるようである。亀岡を通って峠を越えるこの道は、田畑が大きくひろがり、蕪の収穫どきをむかえると、畑に人が出て、ひたすらに蕪を引く。美しい蕪がたちまち畷道にならぶ。見とれていたら、「持っていきな」と大蕪をさしだしてくれた。

（『木の花』昭和六十年）

刈萱や湖に流れのあるといふ

11

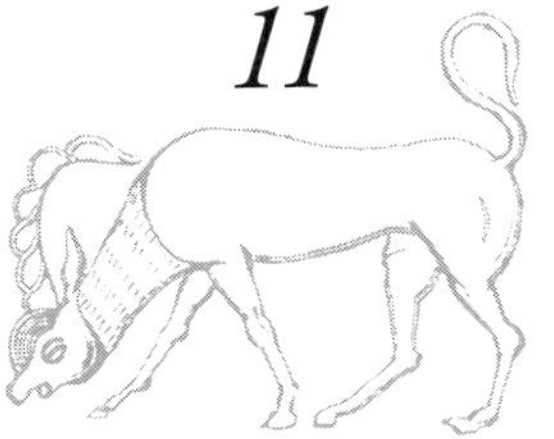

湖には流れがある。学術的なことは知らないけれども湖の波はいつも何かをめざしているような風情がある。

あるとき、刈萱の生い茂る渚を北に向かってあるいた。昼どき一寸した店をみつけてご飯を食べたあと、さきに店をでた二人が「湖に流れがあるなあ」と言い合っていた。彼らの目に、はっきりと北へゆく波頭をみた。

（『木の花』昭和六十年）

何某の門ののこれる枯野かな

12

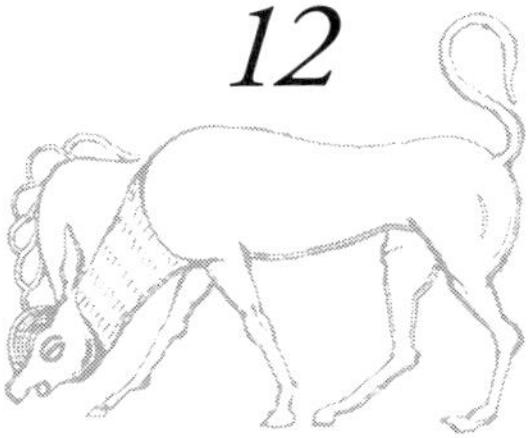

吉野山にはこういう景色がよくある。門は、たいして立派ではないけれど、枯野に向かって立っている。門ひとつ残してあるところが何やら床しく、その門のむかう枯野に、すぎ去った昔の景色がよみがえってくるように感じられる。

（『木の花』昭和六十年）

紅梅やゆつくりともの言ふはよき

13

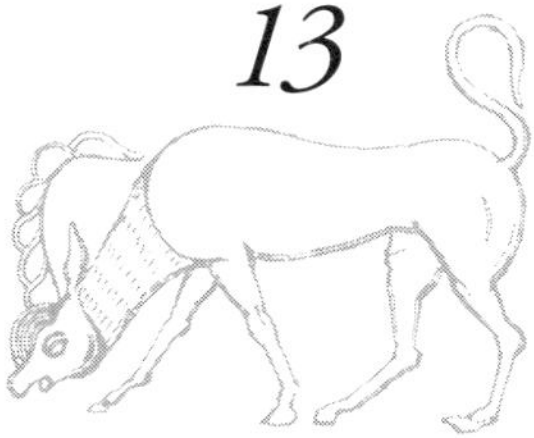

江戸時代、降嫁された皇女和宮を演じた女優さんに、アナウンサーがインタビューをしていた。「一番心にかけられたのはどういうことでしょう」。かの女は「それは、ゆっくりとものを言うことだと思いました」と、応えた。その数日後、京都の黒谷ちかくを吟行した。とある家の門に紅梅が咲いていた。可憐な真紅にみとれていると、家の中から女性の声がきこえてきた。とてもゆっくりとした話し声であった。紅梅がひときわ美しくあでやかに思えた。

（『木の花』昭和六十一年）

夕顔ほどにうつくしき猫を飼ふ

14

母は草木をそだてるのが好きで、家には、梅の古木、椿、柿の木、百日紅、などなどたくさん植わっているのに、あたらしく苗木を買ってきては育てていたものだ。

その日、門を入ると、老いた松の木に夕顔がからんで咲きのぼっていた。なんとうつくしいことか、と思って惚れ惚れみあげながら、玄関の戸を「今日は」と開けるや、白猫がとび出していった。母だけに侍る繊細な猫であった。「夕顔ほどにうつくしき」は振り向きざまに成った。

（『木の花』昭和六十一年）

母が家は初松籟のあるところ

15

母が家というのは、母の嫁いだ連れ合い、即ち父の実家である。母は、戦災で父が亡くなってからその古く煤けた家に住むようになった。松の木が二本ほどあり門の外にも一本あった。お正月におとずれると、松を吹く風はことさらに清々しく鳴りひびいたものだ。母が亡くなってしばらくすると、それらの松の木は、つぎつぎに枯れてしまった。松はことのほか繊細な植物なのだと改めておもい知った。

（『木の花』昭和六十一年）

爽やかに木綿橋より歩きけり

16

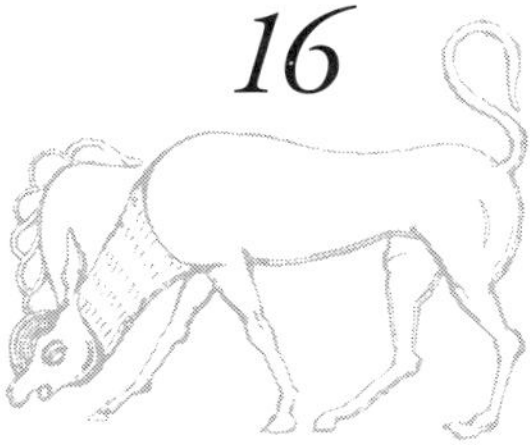

近鉄の榛原駅で降りて宇陀川にかかる大橋をわたってすぐのところに木場があり、しばらく先のバス停に木綿橋《もめんばし》というのがあることに気が付いた。良い名前の橋のあたりは、やはり古い土地柄であるらしく、昔、庄屋であった塀の内に大欅が風をはらんでいたり、その裏の小屋で苗床がそだっていたり。「どうして木綿橋なんでしょう」。近くで畑仕事をしている人に聞いたが「さあ、うちらも知りません」。それでも名前は橋に刻まれている。

（『木の花』昭和六十一年）

上履に履きかへてゐる桜かな

17

山梨県、境川村で「雲母」の大会があり、大阪の仲間が参加すると聞いて、是非、と言って同行させてもらった。おりから、境川村は、桜も桃も花のさかりを迎えていた。大会は、村の小学校の講堂で行われた。講堂は、よくみがかれた床張り。入り口で上履に履き替えたものだ。外には大桜が、風に花びらを散らしていた。

（『渚にて』昭和六十二年）

秋遍路すぐ石段をのぼりけり

18

琵琶湖の北にうかぶ竹生島は、石英斑岩からなり、まわりは絶壁をなしている。竹生島観音で知られる宝厳寺は、西国三十三所第三十番札所であり、古くから信仰の対象である。長浜からまた近江今津から舟がかよう。せまい岩場の間の舟着場に着いた遍路は、すぐ上手の観音堂への急な石段にとりつく。ことに秋の遍路は先をいそぐかのように思えた。

（『渚にて』昭和六十三年）

枯草のうすくれなゐや西の京

19

西の京というのは、かつて平城京のあった朱雀大路より西の地を指し、現在の薬師寺のある奈良市西ノ京のあたり、あるいは唐招提寺へかけての寺域をいう。唐招提寺の山門を入り、かずかずの仏を拝するのも、嬉しいことではあるが、大寺のあたりのしずかな気配が、私には、こよなく好ましくおもえる。

（『渚にて』昭和六十三年）

寒の雨しづかに御代のうつりつつ

20

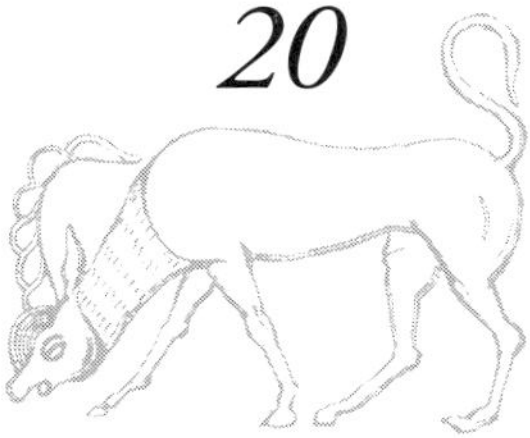

五六人で、吉野山の厳冬に出会うべく行者宿に泊まった。夜に入って冷たい雨がふりだし、天皇の崩御がつたえられた。年号は「平成」となったことが報じられて、寒の雨の降る真の闇のなかを、時代がうつりかわる音を聞くおもいがあった。翌日、おもてに出ると宿々は勿論のこと、木樵の住むそまつな軒端にも、弔旗がかかげられていた。ここは南朝の地であることを改めて感じていた。

（『渚にて』平成元年）

石鼎の麻着といふがかかりけり

21

石鼎旧居をおとずれると、まず目にとびこむのが、この麻着である。なかなか良い黒の麻着で、やや小振りである。これを着て文机にむかっていたその人の姿が彷彿とする。

（『渚にて』平成元年）

狐火や老いて声よき子守唄

22

雲

母の大会に赴くべく、われわれは気分がやや高揚していた。餺飥《ほうとう》鍋の湯気にまみれながら、お酒がすすみ、一番先輩の女性に歌を所望した。歌いだしたのが、大阪天満の子守歌である。その人は一言一句つまずくこともなく朗々と歌い、われわれは聞きほれた。歌声はこの闇夜の野の果てまでも響きわたり、そこにはかならずや狐火がもえているに違いないと思われた。

（『渚にて』平成二年）

竹生島うしろの島も日短

23

竹生島が見えるのは、湖の西からならば、蓬萊あたりだろう。眼前にかたむきかけた日があかあかと照らす竹生島がある。あたりの木々も影を引いている。たしか、竹生島のうしろに島がある。その島の濃い影も又、見るおもいがあった。

（『渚にて』平成三年）

この雨に石鼎旧居燕去ぬ

24

その日は朝から雨が降っていた。東吉野の天好園に着いたときには、ざんざ降りだった。中上健次さんが来られるということは聞いていた。その頃すでに彼の健康はすぐれなかったようで不機嫌きわまりなかったけれど、句会をしようと言いだすと、にわかに乗り気になって熱をおびだし、私たちの句の一々について選評をしてから、短詩型の将来をなげきはじめた。この雨に、あの夜の出来事が彷彿とする。（『渚にて』平成三年）

火蛾を掃き霧を掃くなり立石寺

25

立石寺は、かなり遠いところに思えた。大峯あきら先生がその地で講演されるというので、五六人が随行して立石寺をおとずれた。御寺の長い石段下は夕ぐれになると、寺の人が出てきて掃きだす。火蛾が狂っては落ちるからである。あたりに暮色が濃くなると霧が湧きだすのもまた風情があった。（『渚にて』平成四年）

わらんべの髪のねぐせや龍の玉

26

飛鳥の村のお綱掛神事に誘ってくれたのは、大石悦子さんである。飛鳥川の川上と川下でそれぞれ対岸に綱をかけわたす。太い綱をなうところから始めて、向こう岸に綱をかけわたし終えて、夕方に神官が祝詞をあげるまで、私たちは、村のこどもたちと一緒になって飛鳥人になりきった一日であった。挙げ句に村外代表として榊奉納までさせてもらった。

(『渚にて』平成五年)

大江山より散りきたる桜かな

27

大江山は、京都府北西部と福知山市の境に位置する、いわゆる丹波丹後の国境の岩山である。深い谷筋に入ってしまうと、岩がごろごろしているし、峰は峨々としてどこが主峰やら全容がつかめない感がある。大江山は、やはり遠望がいい。青々とたたなわる山並に修験の山の静謐な姿を見る。この句のできたのは、篠山のお城の近くである。花の塵の散ってくる彼方に、私は大江山を見た。

（『渚にて』平成五年）

泳ぎ子のすこし流され葛の花

28

郡上八幡の町は長良川の上流の清々しい川に貫かれている。すこし上手は切崖になっていて、子供たちはそこから淵にむかって飛び込んではするすると流れて岸にとりつく。そして葛の花のほころぶ岩にのぼり、また流れにとびこむ。そんな風景を飽くことなく眺めている私。

（『稲の花』平成五年）

曝涼の間に姿見のありにけり

29

京都の能楽士、味方健氏から、昵懇である西村和子さんに、曝涼をするのでどうですか、というお誘いがあったと聞いて、私たちがこの有難い機会を外すわけがない。喜んでお相伴させてもらった。暑い日差しの京都であった。

お部屋は、所狭しと衣装がかけながされていた。能装束は舞台の遠くからみても豪華であるが、間近にみると直垂も、紐一本一本が貴重であり、折り目ひとつひとつがなおざりなものでないことが分かる。隅におかれた姿見にすべてが映り、いよいよ華やかなものに見えた。

（『稲の花』平成五年）

女人結界の青きを踏みにけり

30

その年は花見を洞川でしようということになった。宿は勿論、行者宿。朝から白い鳥居をくぐり御山にはいったが、細い山道となったところに女人結界の標識があった。そこから先は女人に踏まれない緑の草々が、しなやかに生えていた。

（『稲の花』平成六年）

夕立のはじめに潮の匂ひけり

31

吉野川の上流、宮滝あたりで雲が一遍にかきくもり、はげしい夕立に出合ったことがある。そのときふいに潮の香りがしたように思った。潮の匂いはあの険しい伯母峰峠をこえないと来るはずもない。でも潮風はたしかにきていると思った。

（『稲の花』平成六年）

落椿のせたる水の走ること

32

椿の木の下を勢いよくながれる小川に、なんの拍子か、椿がぽとりと落ちてすいと流れた。あんまり早く流れ去るもので、みんなが面白がってつぎつぎに落椿を落としたものだ。流れは、椿が乗ると、よけいに早く走るようにおもえた。

（『稲の花』平成六年）

噴井ある家のボンボン時計鳴る

33

深

吉野の鷲家口、伊勢本街道沿いに、大峯あきら先生のご親戚の旧家があると知って、是非にとお願いしておたずねした。細格子の嵌まったそのお宅に入ると、障子明かりのお座敷があった。お宅の刀自さまは、裏庭の噴井に案内してくださった。滾々と湧きつづける水は冷たく、お座敷から柱時計の鳴る音がきこえた。

（『稲の花』平成六年）

粽結ふことの上手のものしづか

34

東吉野、鷲家の相野さんのお宅で、粽を結わせて貰うという有り難い企画をたててくださったのは、茨木和生さんだったかしら、藤本安騎生さんかしら。面倒なことをひきうけてくださった相野さんは、さぞ大変だったろう。粽に使う青蘆の葉は、その朝刈り取ってきて、一々湯にくぐらせておかねばならない。餅も搗いておかねばならない。私たちは結うだけ。その上、口数おおくてはかどらない。お近くの方がてつだってくださる手際の良いこと。それに、ものしずかなこと。

（『稲の花』平成八年）

百坊の跡の茜を掘りにけり

35

伊吹山は、名にし負う薬山、伊吹もぐさも知られており、麓には薬草を売る店もある。地図をひろげていたら、百坊跡というところがあった。そう言えば、この山は、奈良時代に役行者により山岳宗教の聖地として開かれたと伝えられている。頃は秋、「茜掘り」という季語が伊吹山の斜えにかなっているように思えた。

（『稲の花』平成八年）

祝ぎ事の夜更けに狐啼きにけり

36

深吉野の天好園。その夜、茨木和生さん、宇多喜代子さんたち、二十人ばかりが猪鍋を囲んでいた。お酒がまわってきたころ天好園の主人が「夕方、和生さんに電話がはいってたのに、忘れてた」と知らせてきた。電話をかえすとそれは、茨木さんの俳人協会賞の受賞を知らせるものであった。「おめでとう」嬉しい知らせに乾杯を繰り返し、茨木さんの目に光るものを見た。宴会は夜更けまでつづき、足元のおぼつかない彼を寝所までおくっていくと、闇の奥に狐の啼く声をたしかに聞いた。

（『稲の花』平成九年）

麦踏みのひとり近づく推古陵

37

推

古陵は、田んぼの中にそそりたっている。すぐ前まできれいに畝がたててあって、麦踏みの人が近付いてくる。開放的で、鄙で、いかにも女帝の陵らしくのどやかなところが好き。

（『稲の花』平成九年）

北行きの列車短し稲の花

38

「この列車は、北行きでっか」急いでのりこんで来た媼はそう聞いた。「ええ、そうですよ」と応えながら、耳慣れない北行きという言葉が、この辺では当たり前につかわれていることに一寸びっくりしていた。列車が、ゆっくりと北に向かってはしりだすと稲の花の咲く匂いとまぶしい光が窓からはいってきた。

（『稲の花』平成九年）

みんなみの肩の大壊え冬の山

39

奈良と三重の県境にある高見山は1248メートル。独立峰である。ピラミッド型の鋭い尖端がうつくしい。奈良県側から見ると崇高な姿なのだが、峠を越えて三重県側からみあげると、ずんぐりといかつく、荒々しい山容に様変わりするから不思議である。

（『稲の花』平成九年）

寒鰤を買へばたちまち星揃ふ

40

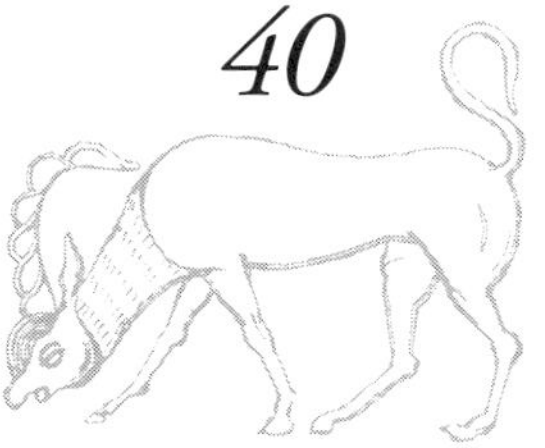

福井の東尋坊。寒鰤は切り身でなく、一メートルほどの大きな鰤を一尾ずつ大根のように縦にならべて売っていた。河野裕子さんは「これ」と言って太った一尾を指さした。永田和宏さんが鰤を入れた発泡スチロールの大箱を、さっと右脇にかかえ、裕子さんと腕を組んだ姿は、とても恰好よく頼もしく見え、また、裕子さんが、この寒鰤を勇ましく捌く姿もまざまざと見る思いがした。京都へ帰る彼らと、車はお互いに警笛をならして別れ、忽ち美しい星空となった。

（『稲の花』平成九年）

月仰ぎ鹿を聞きたる峠かな

41

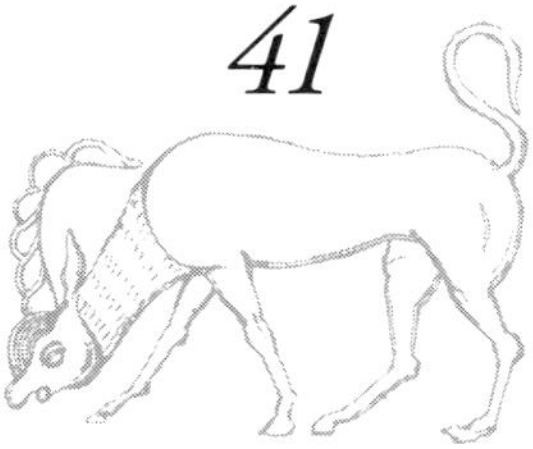

高見山の大峠で、月見をしようと言いだしたのは誰だったかしら。三重県側からのぼったその夜の月の美しかったこと。暮れると、鹿が啼いた。天好園の主人の肝いりでこんろに火をおこし、肉を焼き、鹿が目の前をよぎって、夢のような大峠の夜であった。

（『稲の花』平成十年）

浦人の皆としよりぬ梅の花

42

琵琶湖の尾上浜には、むかしから通い慣れた料理旅館がある。久々におとずれると女将さんもすっかり貫禄がついていたし、主人の方の髪には白いものがふえた。そういえば、私の方も、それだけ年取ったということになる。あたりにほころぶ梅の花は、みな同じように年を重ねることをうべなっているように思えた。

（『稲の花』平成十一年）

初風といひて母立つ戸口かな

43

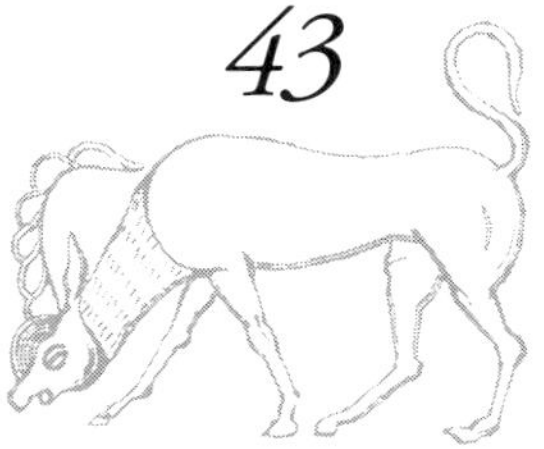

お正月には、母はおせちを詰めるお重をだす。お屠蘇をかわす。お雑煮はおすまし。今年がめでたく迎えられたことを祝う。やおら母は戸を開けて表に立ったものだ。そして「お正月の風だねえ」と言った。裏山から吹き下ろす風は、遠い田をわたってきた藁の匂いとも、竹林のさやぐ匂いとも思えた。

（『稲の花』平成十一年）

行く春の地図に磁石をのせにけり

44

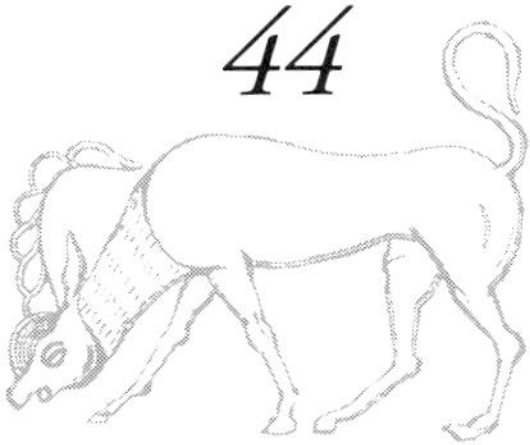

ある雑誌社の企画で、二人一組で気に入りの吟行地に出掛けて俳句をつくり、何枚かスナップを撮るというもの。お相手は和田悟朗先生と聞いて、私は奈良市内を提案した。当日出会って、何処に行くべきかということになって、喫茶店で地図をひろげた。悟朗先生は、ポケットから、いとも自然に磁石をとりだして、地図の上に置かれた。地図の上を時間がゆっくりとながれた。〈夕されば人と離るる春の鹿　悟朗〉

（『稲の花』平成十一年）

鷹の上を隼流れ初景色

45

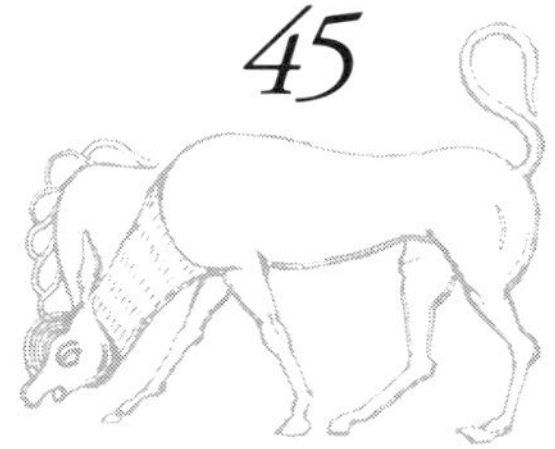

この景色に出会ったのは吉野川。吉野神宮駅からすこし川を遡った飯貝の本善寺あたりの川原であった。眩しいばかりに真青にすみきった空をとぶのは鷹、そしてその上の高空を流れるのは隼か。いやあ、なんて壮大、おおらか。「初景色」で実感が成った。

（『桜』平成十一年）

ただひろきことのかなしき干潟かな

46

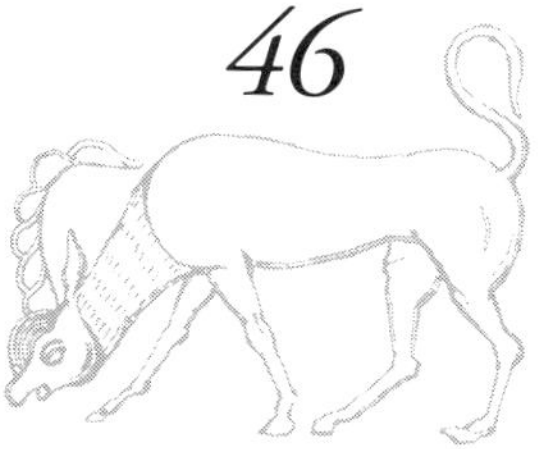

沖縄好きの友人、木割大雄さんの案内で初めての沖縄の旅であった。エメラルドグリーンの海も、世界遺産の今帰仁城跡の広大さにも、目をみはったが、こころをうったのは、やはり戦の終末をむかえた南端の地であった。玉城村の浜辺の茶屋という喫茶店の窓から遠浅の浜がみわたせる。ゆっくりと俯いて歩く白鷺は、このひろい浜辺で亡くなった人々を、そしてあのいたましい戦いを心から悼んでいるようにおもえた。

（『桜』平成十一年）

雛の日の母に代はりて文を書く

47

「ちょっと来てくれない」母から電話があった。自分のことは自分でする主義の母なのに、何事だろう。岡山まで素っ飛んで行った。隣家に住む人が村会議員に立候補したのを応援していた事を聞いていた。めでたく当選したので、世話になった人々にお礼状を書きたいから代筆をせよという。母は字が上手なのに。ああだ、こうだと言いながら何葉か書き、母の名前のあとに、代、と書いてなんとなく楽しい気分であった。

（『桜』平成十二年）

噴井ありて三百年の欅あり

48

宇治川をすこし遡ったところにある宇治上神社は、延喜式内社で国宝の本殿は鎌倉時代の建築で、最古の神社本殿建築も拝殿の寝殿造りの遺構として世界遺産に登録されている。それよりも目を引くのは、本殿の横の井戸館を覆うばかりの、齢三百年という大欅の姿である。真夏の欅は、ぎらぎらと輝く日をさえぎり、こよなく涼しい風を私たちにおくってくれる。

（『桜』平成十二年）

大阪の大きな夕日お取越

49

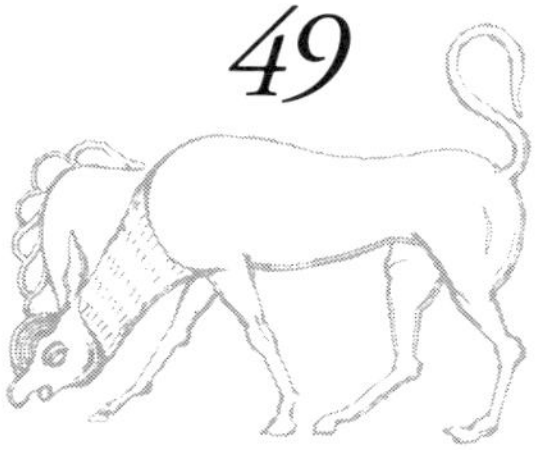

この句をみると、大阪の夕陽丘の高台から夕日をみる思いがする、と言った人がある。本当は大山崎での吟行帰り、電車からあかあかと沈む夕日を見たのである。日が沈むところが大阪だ、という思いと「お取越」という季節感は同時にやってきた。

（『桜』平成十二年）

ヒマラヤの麓に古りし暦かな

50

ヒマラヤの山なみをみたい一心で、私たちはバンコク経由でネパールへ。さらに一日かけてポカラという麓町に入った。翌日、サランコットの高台にのぼり、朝日にかがやき屹立する岩稜をのぞんだ。石室に身をよせて乳飲み子をかかえた女性に出会い、暦売りの少年とも話した。こんな辺鄙なところで暦が生きているということが驚きであった。

（『桜』平成十二年）

花冷えの屋敷真中の衣装蔵

51

吉

野山で花見の吟行をするようになってから何年になるだろうか。近ごろお世話になっている中千本の宿に泊まるようになってからでも、もう十年になる。屋敷うちに大枝垂れ桜がある。土蔵がたつ中庭もいい。衣装蔵というのは、こちらが勝手にそう思い込んでいるのである。

（『桜』平成十二年）

その先に一軒もなき蛍かな

52

深

吉野で蛍狩をしよう、なんて言われるとすぐ乗る方である。天好園の先代の主人が健在のころだった。彼は、高見川のほとりの真暗闇まできて、私たちをバスからおろした。対岸の闇に、まるで蛍の宮殿があるかのごとく、あとからあとからあとから蛍が湧いてきて、いとも不思議な景色であった。

（『桜』平成十二年）

野辺送りして来てすこし柿をもぐ

53

「有り難うございました」。とても一言ではいえないけれど、お礼を言いたかったものを。私にそんな暇が与えられず、母は逝ってしまった。野辺送りを戻り、やや放心の私たちは、家の裏の柿がたわわに実っていることに気が付いた。いくつもいでもありあまる真っ赤な柿の実を、弔いにきてくれた人々の土産にしてもらって、喪心のすこしやすらぐ思いがあった。

（『桜』平成十三年）

掃いてあるところに椿よく落ちる

54

椿が咲くころ。椿の下を掃き目のつくほどにきれいに掃除してある光景によく出会う。安土城下、駅にほど近い産土神の神蔵の脇に、立派な椿の木があって、椿の咲くころには、かならずおとずれる。そして城の巽の石段ちかく、神社の裏にも真紅の椿が咲く。毎年、その地をおとずれて、椿をみあげ、豪華な落椿をみるのをたのしみにしている私である。

（『桜』平成十四年）

一つ家にひとりで咲いて散る桜

55

峠を越えて室生寺にむかう道はいくつもある。そんな岨道のほとりに、随分まえから人が住んでいない一軒家がある。庭先の大桜は、日あたりの良いせいか、田んぼに枝をせりだして花をたわわに咲かせ、花吹雪はあたりを陵駕する。峠からおりて来た人は、皆、しばらく足をとめて見上げる。大桜は、ひとりで咲いてあたりに花びらをふりまいて、それで満ち足りている感がある。とてもすばらしい景色である。（『桜』平成十五年）

半裂やひとたび降ればばり降りくらみ

56

赤目の半裂を見にいった。てこでも動きませんという顔をしていた。下の村に戻ってくると天気がふいに怪しくなってひどい降りになった。やはり名張の雨は、はげしい。あたりを暗める雨足をみながら、あの半裂はどうしているかしら、と思う。

（『桜』平成十五年）

母が家に母のもの着し女正月

57

母の家に行って、風をとおしたり、掃除をしたりすると満たされる気分になる。簞笥の中から、母のものをとり出して着て、一入華やぐ女正月である。

（『桜』平成十六年）

はくれんは生まれる前に咲いてゐし

58

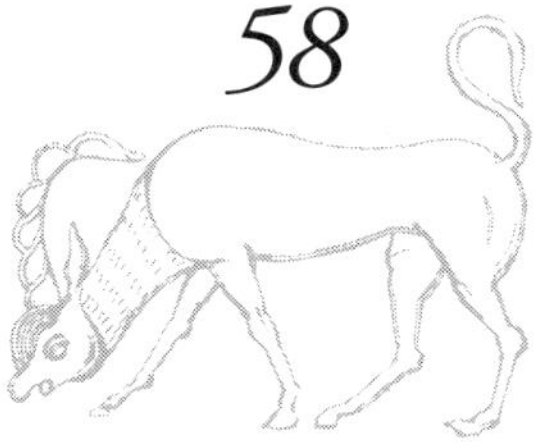

その白木蓮にであったのは、吉野山の蔵王堂のすこし先、大日寺の向かいの谷である。高い梢に純白の花をかかげたその花の見事なこと。その木の大きさにも感動して、近くの杣小屋の親爺さんをみつけて声をかけたものだ。「あの木は何年ぐらいのものですかあ」。すると、彼は「さあねえ、私が物心ついたときには、立っていたからね。生まれる前からあったろうね」。「生まれる前」は、賜った言葉である。

（『桜』平成十六年）

象谷に恋する蝶として生まれ

59

万葉のむかしから、歌に詠まれた象の小川。その谷を舞う蝶も生き生きとよろこび舞っているようだ。蝶は蝶を追いかけ、水面にふれんばかりにからみあう。誰かが「恋してるみたい」と言った。

（『桜』平成十六年）

何処へも渡り廊下や秋の風

60

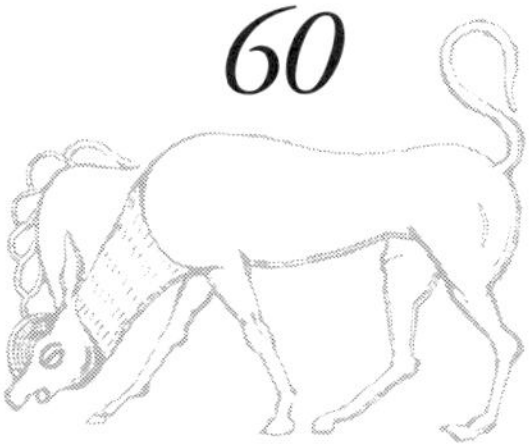

比叡山の麓の西教寺は、天台真盛宗総本山。琵琶湖が見下ろせる高台は、いつおとずれてもいい。このごろは研修会館を句会場に借りるが、始めのころは渡り廊下の奥の座敷を借りていた。そこから本堂へは長い渡り廊下が通じ、庫裏にも、そして東司にも、よく磨き込まれた廊下を渡っていく。ことに秋風のころ、廊下を踏んであるくと、なにやら浮遊感覚にさそわれる。

（『桜』平成十六年）

妹を泣かせてしまふ花野かな

61

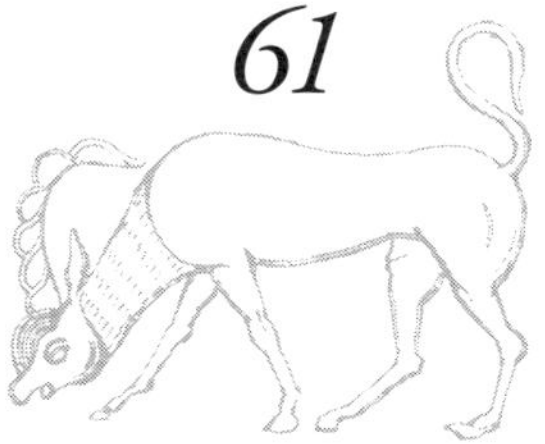

秋

草のやさしく咲く草原で、兄と妹が仲良くたわむれていると思ったら、何が気にさわったのか妹が泣きだした。妹が何で泣くのかわからないで、一人遊びをしだす兄。妹は相手にされないので更になきわめく。そんな二人を母は遠くから眺めている。花野のやさしさがみんなをつつみこむ。

（『桜』平成十六年）

ばったんこ法鼓のごとくこだませり

62

佛隆寺への道すがら、昔ながらの鹿火屋があるのを御存じ？　そのほとりにばったんこがかけられている。それもその年は三連のみごとなもので、それぞれが鳴りひびいて谷に谺する。まるで御寺の法鼓の音のように。

（『桜』平成十六年）

木星と金星の下いたち罠

63

琵琶湖をめぐってきて菅浦に泊まった夜。大きな浦曲の漆黒の空に一際かがやいて木星と金星が並んでみえた。そして二つの星のひかりの行く手には、昼間にみた山手の寺のいたち罠がしかけられている筈。

(『桜』平成十六年)

旅の荷をあづけしところ荻の風

64

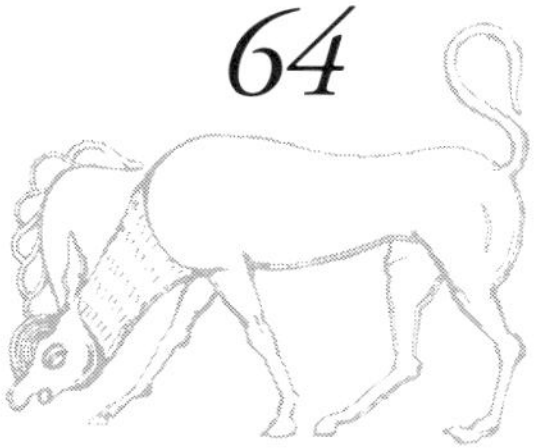

駅前に自転車を置かせてくれて、ついでに荷物もあずかってくれるところがあるでしょう？　伊吹山登山口の近江長岡駅前。おじさんが一人いて、風がふきぬけるがらんとした駐輪場である。山から吹き下ろす風の感じは薄のような優しい感じではなく、もっと粗っぽい、禾《ノギ》のある寂しい風におもえた。

（『桜』平成十七年）

稲咲くと袱紗をかけて届けもの

65

比叡山の西麓の高野川に沿う谷間に八瀬という集落がある。ここの村人は八瀬童子と称され、昔、朝廷の儀式に奉仕したといわれている。小村に不似合いなほどに大きい神社が山を背にして鎮まり、あたりの家々にも風格がかんじられる。祝い事でもあったのか盆の上に袱紗をのせて近所へ配ってあるく人をみかけた。稲花が咲く真昼。とても、やんごとないものをみる思いがした。

（『桜』平成十八年）

うしろ二輌釣瓶落としに切り離し

66

こういう風景はよく目にすることがある。北陸線なら長浜。湖西線だと近江今津。切り離して身軽になった車両はさらに北へ行く。切り離されて残った車両に、釣瓶落としの太陽はいよいよ赤く燃えるようだ。

（『桜』平成十八年）

銀杏散るところで母が待つてをり

67

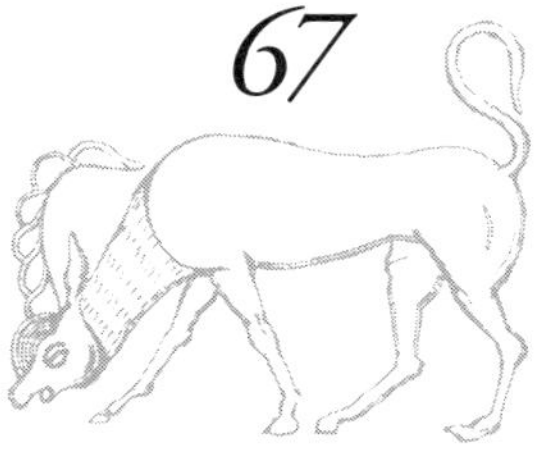

場所は滋賀県、安土。神社を出たところで遊んでいた男の子が、先の辻にたっていた若い女性をみつけて「お母さん」と呼びながら走った。その途端、昔の思い出が蘇った。「あの角で待ってるからね」母はときに私に別の道を帰らせて、そう言ったものだ。緊張しながら教えられた道を辿って、その角で母をみつけた嬉しさ。舞いしきる銀杏が私たちをつつんでいたっけ。

（『夏木』平成十九年）

敦賀より北に用ある時雨かな

68

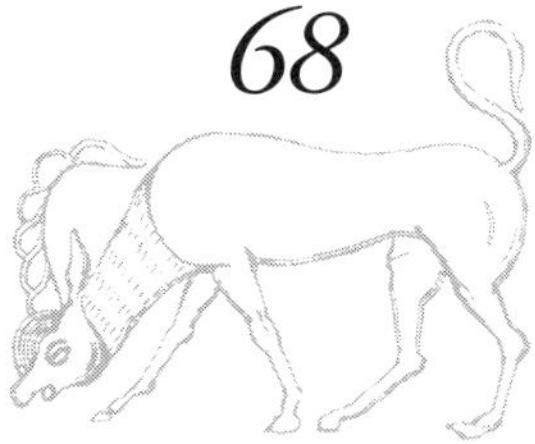

湖

西線に乗るのは好き。それも堅田を過ぎ、近江舞子もすぎて近江今津まで足を延ばすのは嬉しい。さらに、海津浜のマキノもいい。私にはどうも北行指向があるようで塩津よりさらに先の敦賀は夢の世界。用があってもなくてもいい。時雨のときはもっと良い。敦賀の先の今庄はかつての宿場町だから、行き先はその辺でもいい。

（『夏木』平成十九年）

うら若き掌にのせてきし雪兎

69

琵琶湖のもっとも北の浦曲、菅浦をたずねた。前の日からつもった雪で須賀神社の石段下も真っ白。四脚門も岬への道も、雪におおわれていた。一番わかい夕衣さんは嬉々として雪兎をつくっていた。手袋の上にのせられた雪兎の愛らしさもさることながら、冷たい雪の固まりをてのひらにのせている彼女の若さに私はいたく感動していた。

（『夏木』平成二十年）

室生寺へ行くかと問はれ春の風

70

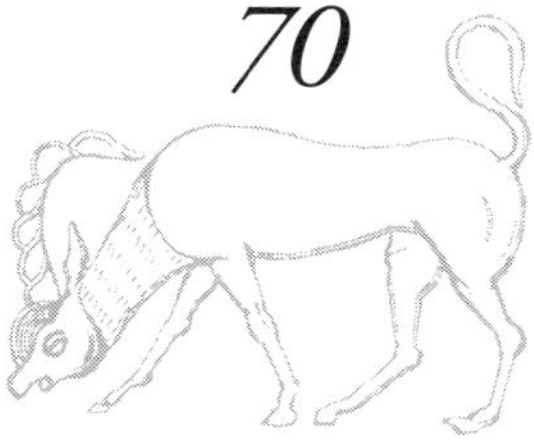

女人高野、室生寺と谷ひとつへだてた村。日当たりよく、石垣をめぐらしている家もあり、それぞれがわれらがお寺をお守りしています、といった風情がある。

山から下りてくる道は、田んぼの畦を縫いながらすべて寺へ通っている。のんびりと歩いていると「室生寺へ行きはりますのんか」と姥に声をかけられた。この辺の人にとって、それは「今日は、ようお参り」といった趣の挨拶なのだろう。春風がこころよく吹く日和であった。

（『夏木』平成二十年）

外海といふ大いなる春の闇

71

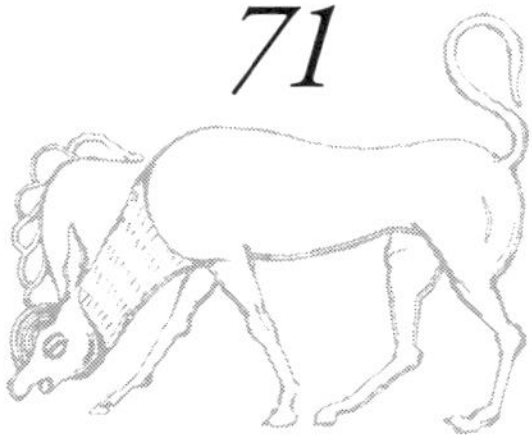

俳人協会の新潟支部の集いによせてもらった。信濃川を吹く風はまだつめたかったが、本宮哲郎さんをはじめとする北の風土に根ざした志の方々の集まりは熱っぽく感じた。帰りは空路にした。いったん海へ出る、という機内アナウンスがあったので、下界をみると真の闇がひろがっていた。一灯もなく、どこまでもつづく闇。外海へ出たのだと思った。それから北アルプスの上空を大きくゆれながら南下する空路は楽しかった。

（『夏木』平成二十年）

お屋敷に入つてゆきし蛍かな

72

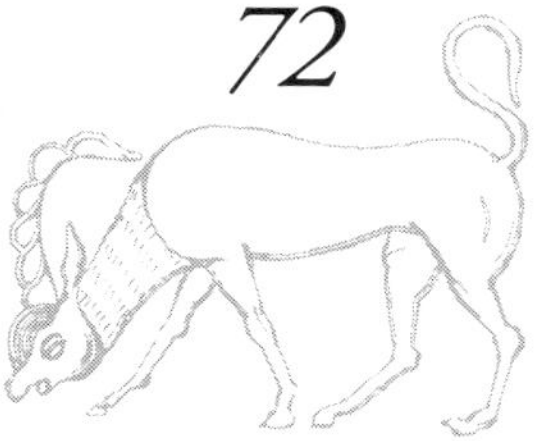

「蛍が出ているよ」滋賀県の長浜に住む堀江爽青さんが声をかけてくれるのを幸いに、毎年でかける蛍の穴場があった。近年は田んぼの側道が整備されて、ぱったりとみなくなったという。在所を音をたてて ゆく清らかな流れは、伊吹山からくるのだろうか。それとも近くの雑木山のふもとの湧き水だろうか。辻には祠があって、蛍は祠をつたいお屋敷の中へ入っていく。そこは蛍の世界であった。

（『夏木』平成二十年）

姉川の鮎とぶたてに又横に

73

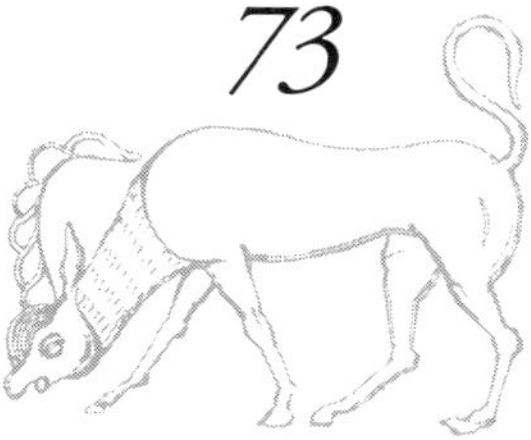

その年の同人会は長浜であった。バスをしたてて姉川の簗を見に行った。簗はかけてあったが、そこはあまり活気がなかったので、上流の橋までいってみた。「やあ、すごい」ピチピチ跳ねる鮎が橋の上からでも見える。浅瀬なのかもしれない。鮎が縦にとび、横にとび、自由奔放に躍動する生き物のすがたは、きらきら光って美しかった。

（『夏木』平成二十年）

いくすぢも鳥羽に立ちたる稲光

74

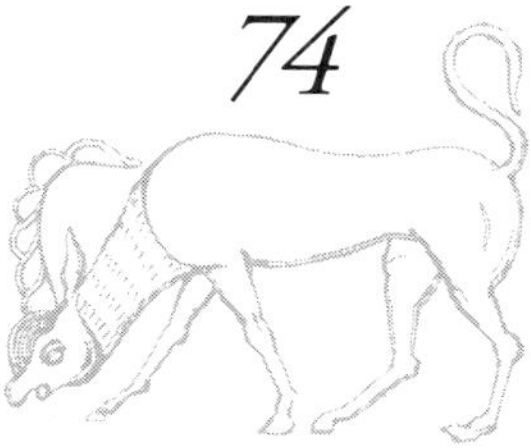

場所は京都、龍谷大学深草学舎。俳人協会の夏期講座の最終講座は全員あつまっての階段教室で行われた。終りごろから雷が鳴っていた。とみるまに窓の外を稲妻が走った。北の空から西の山にかけて、いくすじもいくすじも光の矢が立つ。下をみると、学生たちが学舎づたいに駆けていくのが見えた。そう言えばかの「鳥羽殿」はこのあたりか。私は縦横に走る稲光を楽しんでいた。

（『夏木』平成二十年）

黒板に今朝来し鶴の数を書く

75

鹿児島、出水に飛来する鶴をみることを主眼とする全国俳句大会に参じた。その年の鶴は例年よりもおそく、草原にちらほら。高い柵でかこわれているし、双眼鏡でのぞくのでは、どうも物足りない。それでも原の端には、観測所があり監視員が詰めており、黒板に飛来の鶴の数がチョークで真白くかかれていたのが印象的だった。

（『夏木』平成二十年）

蕪村忌や畑一枚藪の奥

76

「畑一枚藪の奥」という風景は、気持ちのよいモチーフとして持っていた。藪がひらけたところにしずまる一枚の畑。「蕪村忌」という兼題が出されて、なんとなく合うような思いがあった。（『夏木』平成二十年）

正月の人に寄りくる鷗かな

77

近江今津の桟橋ちかく、若い女性が二人。手をあげると寄ってくる鷗たちに、声をあげて興じている穏やかなお正月の光景。燦々と降る日をあびて、鷗も女性たちも幸せそうであった。

(『夏木』平成二十一年)

二時限目はじまつてゐる春の雲

78

私の家は、孟子の母が大喜びしそうなところ。塀越しに学校のヒマラヤ杉がそそり、銀杏の落葉が降りこぼれる。二階の北窓から授業中の窓が見える。休憩時間は、何人かが窓に背をむけて立つ。校舎の上を雲が流れる。一時限目は、やや緊張感あり、二時限目には、雲はのびやか。春ともなれば、雲はさらに生き生きとあかるい。

（『夏木』平成二十一年）

灯より灯へ膳をはこびぬ宵祭

79

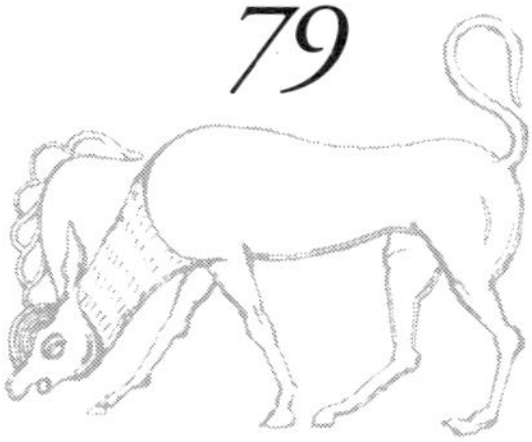

俳句は出逢いである。湖西線の蓬萊駅で下りてすぐ、産土神が鎮まる。いつもはしんとしている森は、その宵、人の気配があふれていた。真中の拝殿に煌々と灯がともり、脇の庫裏にも灯があふれていて、青年二三人が拝殿へ膳を運んでいるところであった。この村にこんな沢山の若衆がいたのかしら。拝殿の上で車座になって膳に対っているのは二十人ばかり。聞けば宵祭だという。青い作務衣を着て、灯から灯へ行きかう若者たちの静かな物腰に感じ入っていた。

（『夏木』平成二十一年）

宇陀に入るはじめの橋のねぶの花

80

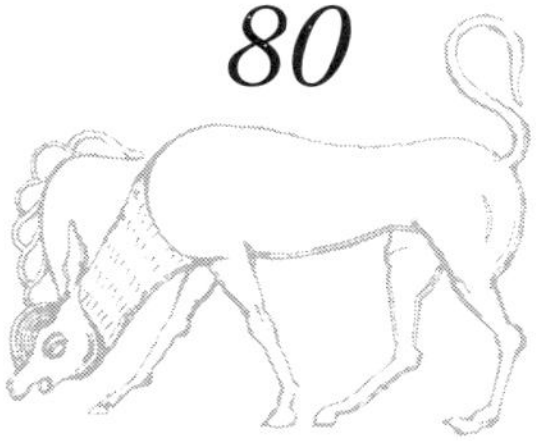

その日、尾池和夫ご夫妻にとって、はじめての深吉野行だと聞いて、それではしっかり案内しなくてはと気負いたった。「この宇陀川にかかる大橋を渡ると宇陀に入るんです」と話していると、橋のたもとにねむの花が咲いているのに気がついた。ねむの花の頃に深吉野をおとずれるのは私も始めてだった。ねむの花は、道中のあちこちに可憐に咲き、谷の奥へ奥へと私たちをいざなうようであった。

（『夏木』平成二十一年）

この山の声の正しき法師蟬

81

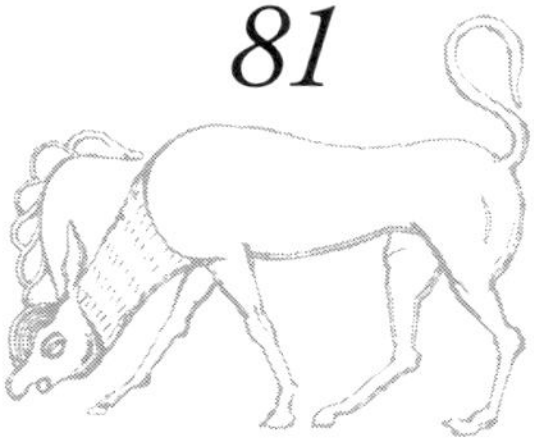

比叡山坂本の西教寺は、良源の開基による念仏道場として発展した。山門をはいると各地からの念仏衆をうけいれる塔頭がならぶ。ある真夏の日、研修会館に入ると蟬の声がしきりにふりそそいでいた。さすが比叡山西教寺の法師蟬。規則ただしく、最初から最後まで延々ときっちり鳴く正調の法師蟬の声であった。

（『夏木』平成二十一年）

女来て水車をまはす野菊かな

82

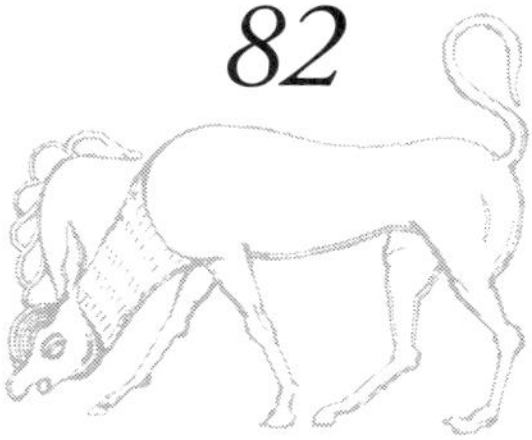

愛

媛の松山の「櫟」誌からお誘いがあって、伊予の方々を案内していただいた。なかでも内子という宿場町の趣きに惹かれるものがあった。町の上手の盆地にも風情があって、谷の奥に水車がひとりまわって米をついていた。朝に誰かが来てしかけていって、夕方にまた仕舞いにくるのだという。あたりの野の草花も燦々と日をうけ、私は時間がたつのを忘れていた。

（『夏木』平成二十一年）

山科で線路分かるる時雨かな

83

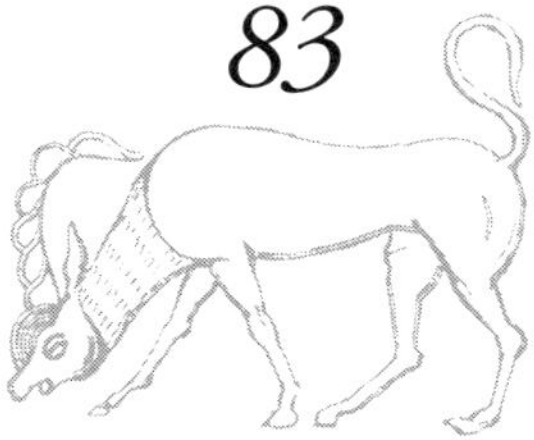

山科からの鉄路は、東海道線と琵琶湖の西を通って北陸へむかう湖西線と二手にわかれる。その日の気象も線路づたいにわかれるようにおもわれる。勿論、時雨るのは、北へむかう線路である。

（『夏木』平成二十一年）

狐火や土蔵にかます楔石

84

湖北の小谷城のからめ手に、毎年渡り鳥がやってくる小さい池がひとつある。池の奥には何軒かの集落があり一番奥の高処には神社がある。そばに傾きかけている土蔵は、神具蔵である。上壁は剝がれ罅がはしっていて、裾に大きな石がかましてある。この楔石のお陰で土蔵は漸くたっているという感がある。このあたり、夜ともなれば必ずや狐火が燃えることだろう。

（『夏木』平成二十一年）

梯子段のぼれば見ゆる秋の海

85

神島には何度かわたったけれど、その年、三島由紀夫が泊まったという宿をたずねあてたのは、嬉しいことだった。当時、女将をしていた人が在宅していて、せまい梯子段を二階にあがらせてもらった。高窓から海がみえた。「その窓から三島さんはいつも海をみてはりました」と彼女は懐かしそうに言った。

（『夏木』平成二十一年）

鉈彫の座敷柱や薬喰

86

それは、猪肉の入った汁そばだった。猪の出汁がよく効いている。蕎麦もこしがあって美味しい。もたれ心地のよい座敷柱も感じいい。敦賀をすこし過ぎた今庄の、老舗の蕎麦屋である。

（『夏木』平成二十一年）

雛飾る四五冊の本片寄せて

87

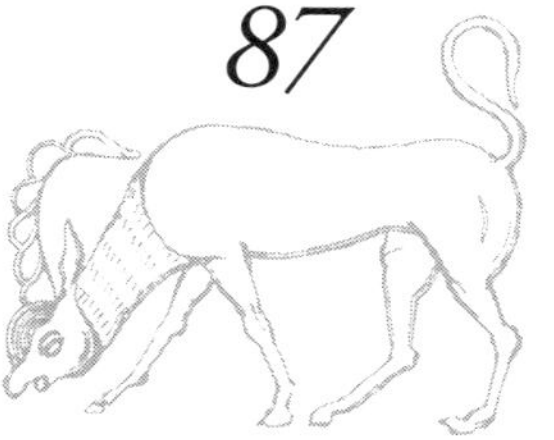

その年、ちょっとした不注意で膝を損なってしまったもので、片付けが出来ない。いつもだったら丸テーブル一杯に緋毛氈をひろげ、私の内裏雛と母からゆずられた内裏雛、木目込み雛、それに花を活けて雛菓子を供えるところなのだが。お雛さま、すみません。そんな気持が句になった。

（『夏木』平成二十二年）

屋敷門より玉苗を運びだす

88

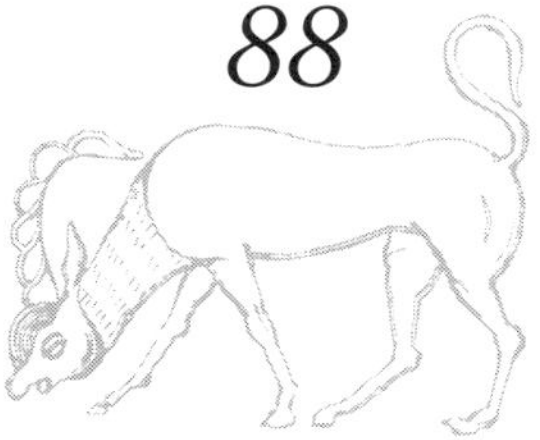

湖

西線、蓬莱駅をおりて湖までは、ほんの五分。その道づたいに、普段は人の住んでいない家があるのだが、その日めずらしく人がいて、門の中から、早苗の籠を大事そうに運び出していた。大切な姫君でもかかえるように早苗籠をかかえ出していたのが、とても印象的だった。

（『夏木』平成二十二年）

薬師瑠璃光如来と読まれ銀杏散る

89

「これは父が書いた字なんだ」大峯あきら先生はなつかしそうな目をされて、薬師堂にかかげられた札をみあげられたっけ。あれからもう五十年経つだろうか。専立寺にお参りするとき、向かいのどんぐり山ふところの水分神社、その横の、この薬師堂に立ち寄る。札の墨書はすっかりうすれたが、しっかり読める。懸巣鳥の声が通る。百舌鳥が来ている。どんぐりが降り、大銀杏がしきりに美しい葉を散らす。いつに変わらぬ風景がそこにある。

（『夏木』平成二十二年）

春逝くと帆船の絵がかけてある

90

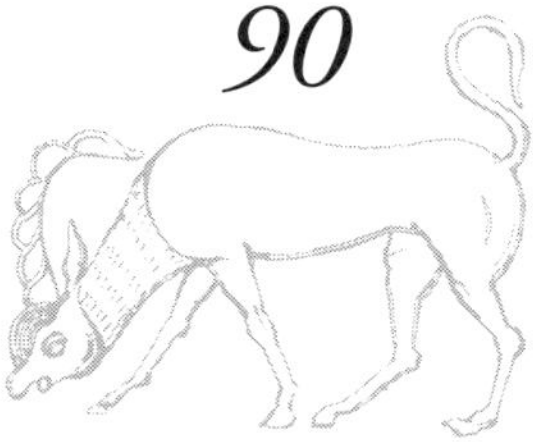

祖父母とくらしていた六畳の間に、大きな帆に風をはらんだ船の絵がかけてあった。大きくかけた帆は、インド洋をいくのか、カンボジアへ向かうのだろうか。船会社につとめていた祖父が誰かにもらったものらしい。全体に茜がかった大きな帆は、駘蕩とした海の上で春が逝く時をとめているようにみえた。あの絵はどこへしまったかしら。

（『夏木』平成二十三年）

幼な子の歩いてこける花の下

91

ところは、奈良の吉野郡、象谷の川上の村。過疎の村ではあるけれども、子供の姿をよくみかける。昼ちかく、漸くあるきはじめた子供を囲んで、大人たちは、にこにこしている。幼子は歩いては転び、立ち上がってはころぶ。満開の桜は早や散りどきをむかえている。

（『夏木』平成二十三年）

長汀を破魔矢の鈴を鳴らしゆく

92

初春の琵琶湖の北、海津の長汀はこよなく晴れた日和であった。破魔矢をさげた人が渚づたいにあるいてきた。まぶしいばかりの湖の光をあびて、とてもめでたく豊かな景色に思えた。破魔矢はおそらく、更に北の海津天神社のものだろう。私はついじろじろ見てしまったので、すれちがうとき、その人に一寸会釈したものだ。

（「俳句年鑑」２０１４）

日は沈み月はのぼりぬ近松忌

93

近松忌は旧暦十一月二十二日、近松門左衛門の忌日である。伊丹の柿衛文庫で清水紘治さんの「曾根崎心中」の朗読を聴いた。上方言葉に情感はたかまり、私はその物語に、何故か月の光をかんじていたものだ。近松の忌日で句を作ろう。その日から、年の暮れまで、月のありようを気にして過ごす日々となった。

（「俳句年鑑」２０１４）

金の月路地より上り猫の恋

94

もよりの駅からの家路はいくつもある。表通りのバスのかよう道。ふるくからの屋敷の門のたちならぶやや暗い道。この句の路地は裏通りである。猫の甘え声を聞いた。おりから、家の屋根を照らしつつのぼる眩いばかりの月をみた。

（「俳句年鑑」２０１２）

にはたづみいくつも越えて梅見かな

95

今年は梅を見に行っていない。あすの句会をひかえて少々あせり気味の私は、もっとも近場で梅林のある中山寺に向かった。楼門の下に立つ守衛さんに「梅は咲いていますか」とたずねる。「ちらほらですな」。長い石段をのぼる。さきほど降った雨に出来た潦を大回りして墓山に入る。なぞえの紅梅は日当たりも良く、毎年可憐に咲く。墓山の入り口で満足してかえる私。

（「俳句年鑑」２０１２）

白木蓮の下に木を挽き薪を割り

96

吉野山は桜もうつくしいが、そのころの白木蓮も又、みごとである。毎年おとずれる家の白木蓮もきよらかに蕾をもたげ日をさんさんとうけている。その家のやや腰のまがった主は、山から伐ってきた木を挽くことから、薪にすることまで、ひもすがらその白木蓮の咲く木の下で黙々とこなすのである。

（「俳句年鑑」２０１２）

みづうみのくろがね色の淑気かな

97

琵琶湖の水は、季節によって色が変わるようだ。春先など、緑にみえるときがあるかと思えば、秋には蒼く深い色をみせるときがある。北の湊の海津あたりは、湖の底の石が黒曜石のような黒色のこともあってか、人のすくない正月には、ことにくろぐろと輝いて見え、それが淑気をはなつようにおもえる。

(「俳句年鑑」２０１５)

おくれ来し人のまとひし落花かな

98

この句も吉野山で成った。門を入って玄関までの石敷の上を桜の花びらがつつと走った。まるで女人の衣の裾が翻って、花の塵を巻きこんでいったかのように、美しくおもえた。花の塵からうまれた幻想である。

（「俳句年鑑」2015）

狐火や湯殿にかよふ長廊下

99

山梨県で国民文化祭があった。宿は石和温泉であった。いつものように要領のわるい私は、終い風呂にかけこんだ。一人で湯殿へ向かう廊下の長いこと。湯殿に入ると誰もいないのに、カランと湯杓の鳴る音が聞こえる。一人で入る風呂は少々さびしい。私が引き上げたあと、廊下の隅に狐火が出ていたかもしれない。

（「俳句年鑑」２０１５）

雛壇の端に眼鏡を置きにけり

100

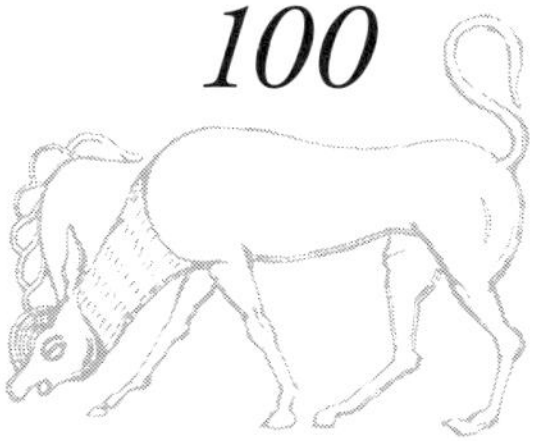

琵琶湖、堅田の余花朗邸は、たずねる度にその季節の趣向をこめた配慮があってうれしい。その日は雛祭りもまぢかく、床の間の掛け軸も雛の句、湖ぎわの明かりとりには毛氈が敷かれ、内裏様をはじめ、三人官女がかざってあった。たまたま仲間のひとりが、眼鏡に傷を入れてしまって、その眼鏡を雛壇の端にのせていた。

そこは安全地帯ね。異次元の世界に、この世が入っているような不思議な感慨があった。

（「晨」平成二十七年七月号）

乾坤の変に喚ばれて

瀧風といふものいつも吹いてをり　あきら
涼風のとめどもなくて淋しけれ　同

おととし、奈良東吉野、天好園で作られた句です。句集『短夜』の巻末近くに入っております。

この日は、榛原から伊勢本街道をとり、投石の滝への道に入り、そのあたりを吟行した後、天好園の大広間で昼食をとりました。

とても気持ち良く晴れた日で、大広間の縁側の籐椅子にすわっていても、快い日差しと風をかんじられましたし、庭園の奥の谷川のほとりのあづまやは、大きな木々がみどりの天蓋をなしていて、こよなく涼しい風が吹き通っていました。

食後、みんなそれぞれに句材をもとめて、村の上手に散りましたが、大峯先生は、あづまやのベンチに腰をかけられて動こうとされません。わたしは無住寺や畑をみたいという思いに駆られ「ちょっと歩いてきます」とそこを離れたものでした。ふりかえると、真青な夏空へ高見山がそそりたっていました。村の家々の戸口には筵がのべられ何か干されているようでした。しかし、これといってまとまりがつかぬまに締め切り時間にせまられて帰ってきました。ところが先生の方は、その間、じっとそこに座って、滝風を、そして涼風を、深いところでかんじておられたのです。句会がはじまって、私たちが、完全に脱帽であったことはいうまでもありません。

大峯先生の俳句は、近年、宇宙性のある俳句と評されることが多いようです。「宇宙はあそこでなく、ここである。宇宙の中以外に自分が生きている場所はない」（「晨」一九一号平成二十八年一月）と言われています。

まさに、宇宙は、作者の外に眺めるものでなく、身のほとりに吹く風と日差しをかんじるもの、そして、宇宙は作者の心の内にあるということに気づくのです。

この宇宙性というのは、以前に出された句集にすでに現れております。

虫の夜の星空に浮く地球かな　『夏の峠』（平成九年刊）

この句について、哲学者池田晶子は次のように書いています。

「虫の音と星空に一体化して憩っていたこの私、これは確か地上に存在していたはずだ。ところがその眼が突如として、宇宙の真ん中に見開いた。宇宙から地球の私を見た。地球の私を見ているこの眼は、一体誰の眼、誰なんでしょうか。」そして、つづけて「じっさい、外界の星空を眺めている私の内界にその星空は存在するなんて、とんでもないことですが、事実です。これは、無限を考えることにおいて無限は（私の内に）存在するというあれと同じですが、こういう奇てれつな存在の構造、知っていると、季節の味わいも一段と深いものになります。虫の音ひとつを聴いたって、もう宇宙旅行というわけです。」

（「サンデー毎日」平成十八年十月五日）

最近の句集『短夜』の中の

麦熟れて太平洋の鳴りわたる

草枯れて地球あまねく日が当り

にも、勿論そういう気風がみちみちています。冒頭に掲げた深吉野での句も、やはり宇宙的という印象があります。

大峯先生は、よく虚子が話された言葉を聞かせてくださいます。「自分が本当に感じたことを、言葉で巧みに飾り立てないで、正直に述べたのがいい句です」。富士山麓の虚子山荘での句会で話されたその言葉は、よほど印象ふかいものであったようで、何度も伺うのですが、何度聞いても鮮明につたわってきます。

先生は、その言葉を解釈してくださって、「「自分が本当に感じる」というときの「自分」とは、人間の意識的な自我のことばではなく、そんな自己意識を忘れた自分のことである。われわれが物を本当に感じるときに自我というものはもはやない。

自我は破綻している。自我意識のこの破れ目から物がわれわれに出現して、物自身の言葉を語る。」（「晨」百八十号平成二十六年三月）と述べておられます。私たちには、いつもどこかに自我がついてきて、無意識になれない私がそこにいるのが常のようです。ところがあるとき、物の方から電光石火のごとくにものをいってくるときがあるのです。それはいつやってくるのかわからない。でも、ひょいとやってくるその来信をしかととらえるのが詩人の役目でありましょうか。

思ってみれば、わたしたちが愛誦してやまぬ古人の俳句は、決してむつかしい言葉を使わず、飾りたてず、本当のことが、ありの儘にのべてあることに気づきます。

芭蕉さんの

さまざまの事おもひ出す桜かな

をはじめとして、

田一枚植て立去る柳かな　『おくのほそ道』

しかり、

涼風の曲りくねつて来たりけり　一茶
いくたびも雪の深さを尋ねけり　子規
死骸や秋風かよふ鼻の穴　蛇笏
頂上や殊に野菊の吹かれをり　石鼎
月光にぶつかつて行く山路かな　水巴
風に落つ楊貴妃桜房のまま　久女

枚挙にいとまがありませんが、良い句のすべては、平易な言葉で、ストレートに対象がとらえられているのです。而して季節感をはらんだそのものが生き生きとうかびあがるのでありましょう。

長年、師事していた桂信子先生からも「本当のことを言う」大切さを教わったおもいがあります。

桂先生は晩年、大阪梅田の新阪急ホテルを住処とされていました。箕面におすまいがあり蔵書などをおいてありましたが、家が本で埋まり、また、各教室が梅田にちかいこともあって新阪急ホテルを常宿にされ、番号もきまった部屋でありました。平成十一年八十四歳の折、七月末に大腿骨骨折にて入院されております。

月光やベッド真白き舟となる　信子

しかし、医師も驚く回復力をもってリハビリを終え、退院。二ヶ月後には、またホテル住まいに戻り、教室通いも再開され、矍鑠の日々をすごされたのです。そんな折、

春の暮われに家路といふは無し　信子

を発表されました。すると、新聞の文芸欄に「桂信子の覚悟」というような見出しであったでしょうか、その句が桂先生の強い気概をあらわすものである。そんな記事が載りました。私も同様なおもいをいだきました。

詩人は、概ね、帰郷の心があり、最晩年には、懐かしい故郷に戻る心をもつもの

といわれます。それが、この作者は、帰る家はない、と言い切っているのです。よほどの覚悟がないとこういう句はつくれないのではないだろうか。おそらく、その執筆者はその意図で書かれたのでありましょう。

丁度その頃、ご一緒の会合か何かがあったでしょうか。先生とホテルのロビーでお茶をいただく機会を得たのです。

それで、私は席に着くなり「先生、先日の「春の暮」の句はすごいと思いました」そういう風に申し上げたものです。そうすると先生は笑いながら「あら。すごいことなんてありません。あれは本当のことですもん」。そう事も無げに仰ったのです。いわれてみればその通りで、先生の家路は、教室から直ぐのところのホテルでありますから、家路というようなものではないのです。だから「本当のことですもん」と言われたことにうなずける思いでありました。

しかし、そう言われた途端に、私は、はたと気が付いたのです。先生は、いつの頃からか、俳句は、本当に思ったことを言えばいいのだ、ということを本意にしておられていることを。そのころの俳句をあらためて見てみると、それぞれすべてに、本当におもったことが、正直にのべられていることに気づきます。

その結果、強さがうまれてくるようです。一句一句のなんといさぎよいことでしょう。切れ味鋭く対象にたちむかっていく、気概が感じられるのです。最後の句集にのっている句の数々。

雪たのしわれにたてがみあればなほ
切りむすびたきひとのあり寒稽古
初御空いよいよ命かがやきぬ
一心に生きてさくらのころとなる
牡丹散るいまなにもかも途中にて
元旦や如何なる時も松は松

かくして、最後の第十句集『草影』は、先生の句集の中で、もっとも魅力にみちた生き生きと輝く句集となったといえます。

かつ、それ以後の拾遺にも

九十の春いまだ読みたき書のあり
九十の春いまだ行きたきところあり
九十の春いまだ知りたきことのあり
しろがねの太刀欲し二月ともなれば

など、生きることへの貪欲な姿勢を見せて俳句を詠みつづけた強靱な根性を持った詩人を、師と仰げた縁をありがたいものとおもいます。

一方、大峯あきら先生は、八十歳を越えてさらに気概は逞しく、というよりも七十歳代のときよりもさらに思考は、鋭く深くなされているように見受けるのです。

『短夜』以後の最近の句

玄関に蝶一つ来て夏に入る
牡丹の風は次から次に吹く
山寺に牡丹咲いて散りにけり

義仲寺に今とどきたる夏花かな
忘れては思ひ出しては春の行く
牡丹に触つて行きし人のこと
子鴉の声と思ひぬきのふから

一句一句が平明であり、かつ鮮やかなのは精神が若々しい所為でしょう。決して褪せることを知らぬ情感の濃さは、生まれつきなのでしょうか。やはり、これは原点にたちかえることになりますが、作者の宇宙的なものの見方に所以しているといってもよいでしょう。

大峯俳句においては、というよりも、その生き方において、人は季節の花や鳥たちと一緒に宇宙の中に存在している、そういう視点に立っていることを思うのです。宇宙という無限に、大いなるものに身をまかせる思い。宇宙に肯定された世界がそこにあります。そこにこそ、こうした心の穏やかな句が生まれるのでしょう。

大峯俳句を読んでいると、幸せな気分になるという所以は、こういうところにあるのかもしれません。

「乾坤の変が歌えと命じる命令に従わざるを得ない存在を詩人という」。そう大峯先生は「晨」の三十周年を迎えた記念大会で、語っておられます。こころに響く言葉だとおもいます。これは、芭蕉さんの「乾坤の変は風雅の種なりといへり」を現代風にいいかえられ、私どもを詩的高処へ連れていく説得力のつよい言葉だといえましょう。俳句の生まれる根底は、天地の風や雨や、季節のうつりかわりに身をおくことにこころを置いて、これを踏みはずさなければ、俳句は間違いない方向へすすむことができると信じています。

私は、更にこの先をめざして、年をかさねていくことでしょう。

初句索引

著者略歴

山本洋子（やまもと・ようこ）

昭和９年生。豊中市在住・職場俳句にて作句開始・桂信子・大峯あきらに師事・「草苑」創刊同人「青」同人・のち「青」退会・「晨」創刊同人編集担当・句集『當麻』『木の花』（第12回現代俳句女流賞）『渚にて』『稲の花』『桜』『夏木』（第51回俳人協会賞）俳人協会名誉会員。日本文芸家協会会員。

よみうり堺文化センター俳句教室講師。毎日文化センター俳句教室講師。私立梅花学園公開講座俳句教室講師。

発行　二〇一六年一一月一一日　初版発行
著者　山本洋子

発行人　山岡喜美子
発行所　ふらんす堂
〒182-0002　東京都調布市仙川町一―一五―三八―二F
TEL（〇三）三三二六―九〇六一　FAX（〇三）三三二六―六九一九
シリーズ自句自解Ⅰベスト100　山本洋子
URL　http://furansudo.com/　E-mail　info@furansudo.com
振替　〇〇一七〇―一―一八四一七三
装丁　和兎
印刷所　三修紙工㈱
製本所　三修紙工㈱
定価＝本体一五〇〇円＋税
ISBN978-4-7814-0930-6 C0095 ¥1500E

シリーズ自句自解I　ベスト100

第一回配本　池田澄子
第二回配本　小川軽舟
第三回配本　岸本尚毅
第四回配本　大峯あきら
第五回配本　高橋睦郎
第六回配本　大木あまり
第七回配本　矢島渚男
第八回配本　西村和子
第九回配本　山本洋子

以下刊行予定（五十音順）
石田郷子／奥坂まや／櫂　未知子／片山由美子／辻　桃子／長谷川　櫂